Alun yr A....... a'r Dyn Eira

Morgan Tomos

y Lolfa

i Robin a Carwyn

Cyfres Alun yr Arth, rhif 4

Argraffiad cyntaf: 2003
Pedwerydd argraffiad 2012

ISBN: 0 86243 658 3

Cyhoeddwyd ac argraffwyd yng Nghymru gan:
Y Lolfa Cyf., Talybont, Ceredigion SY24 5HE
e-bost ylolfa@ylolfa.com
www.ylolfa.com
ffôn +44 (0)1970 832 304
ffacs 832 782

Roedd hi wedi bwrw eira dros nos, a rhuthrodd
Alun allan i'r ardd i chwarae.

Ond nid oedd ganddo neb i chwarae
gydag ef. Roedd Alun yn unig.

Gwelodd ei fam yn nôl y glo ar gyfer y tân.

"Hi, hi!" chwarddodd Alun wrth ei hun.

"Dyma gyfle am hwyl!"

Taflodd Alun belen eira gan daro ei fam.

Nid oedd Mam yn hapus o gwbl.

"Mae'n ddrwg gen i, Mam," meddai Alun.

"Ond dwi wedi edrych ymlaen gymaint at yr eira a does gen i neb i chwarae gyda mi."

Aeth Mam a Dad Alun ati i adeiladu
dyn eira yn gwmpeini i Alun.

Rholiodd Dad belen fawr o eira i fod yn gorff,
casglodd Mam frigau, moronen a glo, a rholiodd
Alun belen eira llai i fod yn ben.

O'r diwedd, roedd y dyn eira yn barod. Gafaelodd Alun am y dyn eira.

"Dyma fy ffrind newydd," meddai Alun.

Aeth Alun ar y sled…

 Taflodd beli eira at y goeden…

Ysgrifennodd ei enw yn yr eira…

Roedd Alun wedi cael hwyl a sbri yn yr eira ac wedi blino. Eisteddodd yn yr eira i siarad efo'r dyn eira ac i sôn am yr holl hwyl roedd wedi ei gael.

Nid oedd Alun yn teimlo'n unig bellach.
Yna, galwodd ei fam arno. Roedd rhywun wedi dod i'w weld.

"Ewythr Gwynfor, Modryb Gwen a dy gefnder Gwyn yw'r rhain," meddai Mam. "Eirth yr eira ydyn nhw, wedi dod yr holl ffordd yma i dy weld di am ei bod hi wedi bwrw eira yma."

Rhuthrodd Alun a Gwyn yn syth at ei gilydd.

"Helô Gwyn!" meddai Alun. "Wyt ti'n arth bach drwg fel fi?"

"Ydw. Ond dydw i ddim yn ddrwg iawn. Dim ond ychydig yn chwareus weithiau," atebodd Gwyn.
"A finna hefyd," meddai Alun.

Dyna hwyl gafodd y ddau
yn chwarae yn yr eira.
Dysgodd Gwyn sut i
sglefrio i Alun…

Cawsant frwydr peli eira, a'r
ddau yn chwerthin yn uchel…

Ond yn yr holl hwyl, roedd Alun
wedi anghofio am ei gyfaill, y
dyn eira. Roedd yntau'n unig ac
yn drist.

Aeth y ddau i ben y bryn uchaf gyda'r sled.
Nid oedd Gwyn wedi defnyddio sled o'r blaen ac
roedd Alun am ddangos iddo yr hwyl oedd i'w gael.

"Awn ni i lawr y llethr yr ochr arall,"
meddai Alun wedi cyffroi.

"Wiiiiiiiiiiiiiiiiiiiiiiiiiiiiiiiiiiiiiiiii!!"

I lawr y llethr â nhw ar wib.

Gormod o wib efallai...

... ond roedd Alun yn mwynhau.

"Gwyn!" galwodd Dewyrth Gwynfor.

"Alun!" galwodd Dad.

Ond sylwodd Gwyn ac Alun yn rhy hwyr
beth oedd am ddigwydd…

"O NA!"

SPLOP!

Roedd y bwrdd picnic a'r diodydd wedi eu dymchwel a Gwyn ac Alun wedi glanio ar eu pennau yn yr eira.

Roedd y ddau yn siŵr o gael ffrae fawr iawn am fod yn Eirth Bach Drwg Iawn.

Ond pan welodd Alun ei fod wedi dinistrio ei
gyfaill, y dyn eira, roedd Gwyn ac yntau'n rhy
drist i gael ffrae.

Cododd Alun y foronen oddi ar y llawr a chrïo.

"Paid â phoeni," meddai Gwyn. "Beth am i ni ailgodi'r dyn eira. Wedyn fe gaiff fod yn gyfaill i ni'n dau."

Roedd Alun wrth ei fodd efo'r syniad. Aeth y ddau ati i rholio peli eira mawr...

...a gosod y foronen, y glo a'r brigau yn ôl yn eu lle.

Gafaelodd Alun am y dyn eira – roedd mor hapus o'i weld eto.

"Helô, Mistar Dyn Eira. Gwyn ydi fy enw i," meddai Gwyn gan gyflwyno ei hyn i'r dyn eira.

Yna roedd hi'n amser i Gwyn fynd adref gyda'i rieni. Roedd pawb wedi cael diwrnod mawr o hwyl a sbri.

"Ta-ta, Alun!" galwodd Gwyn o gefn y car.

"Ta-ta, Gwyn. Tan tro nesaf!" galwodd Alun yn ôl.

Chwifiodd Alun ar Gwyn nes i'r car ddiflannu
dros y gorwel. Yr oedd Alun mor hapus o wybod
fod ganddo ddau ffrind newydd.
Gwyn ei gefnder...

...a'r dyn eira hapus llon.

Mynnwch y llyfrau cyntaf yn y gyfres:

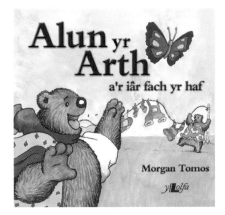 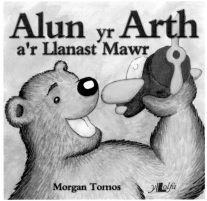 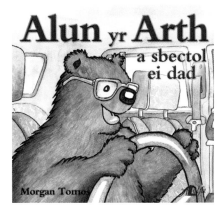

£2.95 yn unig

Hefyd o'r Lolfa: cyfres wreiddiol a phoblogaidd i blant 5-7 oed:
Llyfrau Llawen

Llyfrau llawn lliw, llawn hwyl, llawn helynt!
£4.95 yr un, clawr caled
£3.95 clawr meddal

Am restr gyflawn o'n llyfrau plant (a llyfrau eraill) mynnwch gopi o'n catalog newydd rhad, lliw-llawn – neu hwyliwch i **www.ylolfa.com** ar y we fyd-eang, a phrynwch eich llyfrau ar-lein!